· 小柏拉图的哲学故事 ·

神秘大山洞

[意]埃米利亚诺·迪·马可　著　　[意]马西莫·巴奇尼　绘

谭钰薇　余丹妮　译

海豚出版社
DOLPHIN BOOKS
CIPG
中国国际出版集团

图书在版编目（CIP）数据

小柏拉图的哲学故事. 神秘大山洞 / (意) 埃米利亚
诺·迪·马可著 ; (意) 马西莫·巴奇尼绘 ; 谭钰薇,
余丹妮译. -- 北京 : 海豚出版社, 2021.3
　　ISBN 978-7-5110-5147-9

　　Ⅰ. ①小… Ⅱ. ①埃… ②马… ③谭… ④余… Ⅲ.
①儿童故事 – 图画故事 – 意大利 – 现代 Ⅳ. ①I546.85

中国版本图书馆CIP数据核字(2020)第263430号

著作权合同登记号：图字01-2020-7159

Original title :
Texts by Emiliano Di Marco
Illustrations by Massimo Bacchini
Copyright © (year of the original publication) La Nuova Frontiera
The Simplified Chinese is published in arrangement through Niu Niu Culture.

小柏拉图的哲学故事　神秘大山洞

[意]埃米利亚诺·迪·马可　著　　[意]马西莫·巴奇尼　绘　谭钰薇　余丹妮　译

出 版 人	王　磊
策　　划	田鑫鑫
责任编辑	梅秋慧　张　镛
装帧设计	杨西霞
责任印制	于浩杰　蔡　丽
法律顾问	中咨律师事务所　殷斌律师
出　　版	海豚出版社
地　　址	北京市西城区百万庄大街24号
邮　　编	100037
电　　话	010-68325006（销售）　010-68996147（总编室）
印　　刷	北京金特印刷有限责任公司
经　　销	新华书店及网络书店
开　　本	680mm×960mm　1/16
印　　张	24（全八册）
字　　数	322千字（全八册）
印　　数	5000
版　　次	2021年3月第1版　2021年3月第1次印刷
标准书号	ISBN 978-7-5110-5147-9
定　　价	158.00元（全八册）

著　者：埃米利亚诺·迪·马可

他出生在意大利的托斯卡纳，说话也是托斯卡纳口音；他既是哲学方面的专家，又是佛罗伦萨大牛排的专家。从小，他就常给大人们写故事；现在，他长大了，决定给小朋友们也写一些故事。

插画师：马西莫·巴奇尼

他兴趣广泛，有许多爱好，比如写作、画画、登山、潜水。在艺术和创作上，他和没那么爱运动的埃米利亚诺·迪·马可是合作多年的伙伴。这是他第一次给儿童读物画插图。我们希望他能继续画下去，因为他的画非常棒！

很久很久以前，在古希腊，有一个又黑又神秘的大山洞。这个山洞离城邦很远，周围是一片大森林，森林里住着许许多多的猛兽。山洞口满是荆棘和爬山虎。从外面往里看去，整个山洞好像一个张大了嘴的怪物，可怕极了。

那些强壮的战士们，尽管他们身披盔甲，可只要一进入这个山洞，都会吓得慌慌张张地跑出来。总之，没有一个人能够勇敢地走到山洞最里面去。

人们还常常说起一个故事：

以前，有一只极其凶猛的怪兽，长着锋利的爪子和长长的獠牙。一个下雨天，它跑进山洞躲雨。

可是，不一会儿，它居然被吓得逃了出来。它怕极了，说以后再也不当怪兽了。那它要去干什么呢？它跟人说，以后要开家小店，专卖水果和蔬菜。

古希腊是一个非常美丽、有趣的地方。这里阳光很充足，有许多橄榄树，还有许多特别美丽的城邦，城邦里有很多雕塑和神庙。

在古希腊的街上，遇到假扮成人类的神是很正常的。有时，也会碰到一些英雄在忙着抓怪兽，执行自己的任务。所以，在大街上，还有可能碰到从英雄手里逃出来的怪兽。

直到今天，我们还能听到许多关于古希腊的神奇故事。不过也有很多人认为，古希腊人都是些大骗子。

　　当然，除了大山洞、英雄、怪兽、神，古希腊还有小朋友们，他们和现在的小朋友们一样，爱玩爱闹，有时也很调皮。

　　在他们当中，有一个孩子有些特别，叫柏拉图，原名亚里斯多克勒斯。他非常聪明，和其他孩子一样，充满了好奇心。不过，他有时也有一点儿调皮。他的名字在古希腊语中比较难读，于是，他的小伙伴们就给他起了个外号叫"柏拉图"（意思是又宽又大），因为他的肩膀既宽大又结实。

　　他的同伴中有一个人叫色拉叙马霍斯。他一点儿也不喜欢柏拉图。并不是因为柏拉图做了什么坏事，其实，色拉叙马霍斯就是嫉妒他罢了。因为柏拉图在学校表现也很好，老师们总是表扬他。色拉叙马霍斯多想和柏拉图一样啊！但是他却做不到。不过，他也不想着努力进步，相反，他一心只想捉弄柏拉图，因为这么做似乎比努力让自己变得优秀要更容易些。

有一天，他和柏拉图还有其他小朋友在一块玩儿。色拉叙马霍斯觉得无聊，便提议向小鸟扔石头，想打几只小鸟来玩儿。

"这个想法太愚蠢了吧！"柏拉图说道，他很爱小动物。柏拉图不喜欢色拉叙马霍斯，因为他总是很霸道，而且对自己也总是不友好。

色拉叙马霍斯一听到他说的话，就觉得这是个捉弄柏拉图的好机会，一定不能错过呀！于是，他看着柏拉图，挑衅地说道："为什么呢？难道你连杀死小鸟这点儿胆量都没有吗？"

接着，他转过身去，继续对其他小朋友说道："这个柏拉图……啊，亏他长了大肩膀，原来是个胆小鬼，什么都怕！"其他孩子都笑了起来。

　　柏拉图心里明白，这样的事不会持续太久，大家笑完了也就过去了。但是，他还是害怕大家以后会叫他"柏拉图，胆小鬼"。当然，他可以让人们叫他的真名——亚里斯多克勒斯，这个真名没什么坏意思，但就是很难叫，连他自己都受不了。他实在太生气了，但是只能说："不！我不是胆小鬼！"

　　"你不仅是个胆小鬼，还是个大骗子！"色拉叙马霍斯立马反驳道。此刻，他已经开始得意起来了。

　　"如果你不是个胆小鬼的话，那好，你证明给我们看呀。还是说，你就是太害怕了呢？"

　　柏拉图此时更加生气了，他不知道该说些什么，他害怕出丑，但又说不出什么聪明的话来回击，急切地说道："我不是胆小鬼！我什么也不害怕！我现在就证明给你们看！"

他马上就意识到，他刚才说了一句多么愚蠢的话啊，但是已经太迟了。他不想在别的伙伴面前表现得像一个胆小鬼一样。

"听吧，听吧！"色拉叙马霍斯紧接着说，"你不是什么也不害怕吗？那你为什么不去丛林中的大山洞里看看那里面到底藏着些什么呢？"

一瞬间，大家都沉默了。现在，柏拉图是真的害怕了。但是，如果他现在承认害怕大山洞，所有人都会说他是个胆小鬼，是个大骗子，也许，大家还会叫他"胆小鬼，大骗子！"那他以后要怎么见人呀！于是，柏拉图想也没想，用最坚定的声音说道：

"好，我进大山洞去看看，你们看好了，我不是什么胆小鬼！"

郑重地说完后，他转过那宽大的肩膀、圆乎乎的脑袋，朝着丛林走去。

走了几步，柏拉图感到没那么生气了，他心想，也许他并不需要走完全部的路，做做样子就可以了。其实，他并不太想一个人进到大山洞里去。此刻，他听见一个声音说道："嘿，这样就够了，不是吗？"他想，也许那个小声音说得没错。

其实，古希腊人经常听到那个小声音。有人认为，那个声音是自己心中传出来的，还有人认为，它是天神对我们说的悄悄话——因为在古希腊，太阳太大，人们又不喜欢戴帽子，所以，神的声音不会被帽子挡住，就传到人们的耳朵里了。总之，古希腊人都很相信小声音。

　　在小声音的建议下，柏拉图偷偷往身后看了一眼，他看见所有人都佩服地看着他，安安静静地跟在他身后，并与他保持着一段距离。他感觉自己像个英雄一样。

　　这时，他已经完全不生气了，只是有些累——因为他虽然肩膀很大，但是腿很短小。正当他不知所措时，他又听到那个小声音说道："亲爱的柏拉图呀，我想到了一个好办法——这样，你进到树林里去，等到别人都看不到你了，你默默数五百下，然后回去告诉他们，你已经去过山洞了，或者，你还可以说，你打败了山洞里面的巨龙。"

　　这听上去棒极了，柏拉图对那个小声音的建议表示了感谢。

在朋友们的视野里，柏拉图变得越来越小。终于，他走进了一片树林。他发现，他太专注于听那个小声音，太专心地当英雄了，以至于他根本就没有注意要怎么回去。他转了个身，想看看能不能想出什么办法，却迷路了。他静下来，想听听那个小声音有没有帮他想想办法，却什么也没有听到。他感觉自己像个傻瓜……不过，也有可能他并没走错，所以那个小声音没有说话。

他试图走出树林，可是不管他怎么努力，还是走不出去。他开始害怕了。他担心这片树林被诅咒了，好像所有的大树会趁他不注意时移动位置，让他晕头转向。仿佛想要困住他似的，荆棘扎进了他的衣服里，大树想用树根把他绊倒，所有的树木都在努力伸长枝条，想趁他不小心时抓住他……

他又走了很长很长的路。突然，一阵可怕的声音从他背后的树林中传了出来——这是他听过的最可怕的声音。他转过身去，发现自己背后正是那个有名的大山洞！那大山洞就像一个大怪物的嘴，时不时传出可怕的声音。

　　柏拉图叫了起来，大山洞里传出了一阵更大更凶猛的叫声。那个小声音还没来得及对他说"快跑"，柏拉图便已经用他最快的速度往外跑起来了。

　　这时，树枝们好像一下子全都活过来了一样，用尽全身的力气想要拦住他。在柏拉图身后，大山洞里传来的声音越来越大了，听上去越来越吓人，就好像大地饿疯了，肚子在咕咕大叫一样。

　　柏拉图转过身去，想看看是不是有什么东西从大山洞里跑了出来。当他重新转过头去时，他看到有一根树枝要抓住他的衣服了。这是一根白白的树枝，上面分出五根小树枝，五根小树枝紧紧握在一起……此时，他才明白，这不是一株植物，而是一个手臂。沿着手臂看过去，他看到了一张吓人的脸，吓人的脸上有两只生气的眼睛，还有一把长长的白胡子。

　　柏拉图吓坏了，他用尽全身的力气大叫了起来。不一会儿，眼前一片漆黑，他像一块大石头一样，倒在了地上。等他重新睁开眼睛时，看到的是一片蓝天。他心想："我是不是已经死了？但如果死了，我怎么还能思考这么多事情呢？"于是，他重新振作起来，爬起来坐下。他发现前面有一个老头儿，正是在他之前逃走时想抓住他的那个老头儿，他有些害怕地看着那老头儿。

　　"你在树林里干什么呀？"那老头儿问他。

　　"我在找那个所有人都害怕的大山洞。"柏拉图回答老头儿说。

　　"为什么呢？"老头儿又问道。

　　于是，柏拉图把整件事的来龙去脉都说了一遍，最后他说道："也许色拉叙马霍斯说得对，我就是一个胆小鬼，我什么都怕。"

老头儿却把头摇得像个拨浪鼓："所以你是为这个感到丢脸吗？你应该感到丢脸的，是你居然想要向那些人证明自己的勇气！仅仅因为他们故意说反话，你就要这么在意他们？"

"可是大家都这么说……"柏拉图回答道。

"那又有什么关系呢？一个谎言，就算有一百万个人重复说，那还是个谎言。"老头儿耸耸肩膀说道。

柏拉图觉得老头儿说得有道理，心想如果自己要再讲一遍这个故事，一定要把老头儿的这句名言加进去。

他站了起来，问老头儿知不知道回城的路。

"我当然知道。"老头儿回答说，"但是，我还知道一个你可能更感兴趣的东西。"

经历了这么多吓人的事情后，柏拉图觉得，不可能还有什么事情能让他感兴趣了，他只想知道该怎么才能回家。他觉得这个老头儿是想捉弄他。

"那，那是什么呢？"他疑惑地问老头儿。

　　"我知道在大山洞的最里面藏着什么。如果你想去看看,我可以带你去。"老头儿说。

　　柏拉图听了十分震惊,这会儿他一个字也说不出口,在亲耳听过从大山洞里传出来的声音后,他怎么也不想进去。但他是一个好奇心非常强的家伙,所以还是忍不住想试试。于是,他鼓起所有的勇气,对那老头儿说道:"好吧,只要你能让我晚饭前回家就行。"

　　他们开始往大山洞那儿走去,柏拉图开始问老头儿:"你是怎么知道大山洞深处有什么的呢?"

　　老头儿看都没看他一眼,说道:"这是一个漫长的故事,如果你有耐心的话,时机到了我自然会告诉你。"

　　"时机到了?那是什么时候呢?"柏拉图追问道。柏拉图这个人啊,只要说到什么他感兴趣的东西,嘴巴就停不下来。

"等到你不再问问题，并且人们都张开嘴、把耳朵堵上的时候。"老头儿回答道。

一阵沉默之后，一老一少两人就到了大山洞的洞口。柏拉图看到这个大山洞，觉得它和之前不太一样了。现在，这个山洞更可怕了，它是那么丑陋，山洞里长满了带有长刺的荆棘，有的像蛇，有的像其他邪恶的生物。在石头与荆棘上方，能看到许多钟乳石，钟乳石是长长的、尖尖的岩石，湿湿的，从山洞顶上沉积下来，像极了野兽嘴里长长的獠牙，还滴着口水。柏拉图害怕极了，但他还是很好奇，于是他鼓起勇气，准备进去。他感到自己的心脏咚咚直跳，口干得快冒烟了。

大山洞的入口已经很吓人了，可里面更糟糕，越往里走就越黑，漆黑一片中还有奇怪的沙沙声，仿佛有无数条蛇在四周爬行。每走一步，光线就更暗一点儿。渐渐地，柏拉图几乎什么都看不见了，每走一步都好像要被绊倒。

忽然，他听到了一阵巨大的声响，太吓人了，就好像有一个鼓，在他耳朵里咚咚地敲着。随着光线越来越昏暗，鼓也敲得越来越快。过了一会儿，柏拉图才明白，那个声音是他自己疯狂的心跳声。幸好，老头儿点燃了一把火炬，一瞬间，山洞里全都亮了起来。有了光，柏拉图一下子感觉安心多了，再看看周围，也没那么糟糕嘛，完全没有像他在黑暗中想象的那么可怕。

但是，他还是注意到，在周围总是有一种声音，那个声音既不是他发出来的，也不是老头儿发出来的。这个声音是从地下深处发出来的。他现在才明白，在这里，除了老头儿和他，除了他总是跳得很快的心脏，真的还有别的东西。

"那个声音……"老头儿能读心似的对他说道，"那个声音，是一个谜，只要你还想去看看它，你很快就能揭开这个谜底了。"

柏拉图不顾自己内心的抗议，也不听脑海中感到害怕的小声音的话，点了点头。他没法直接说"好"，因为，他的舌头也害怕得不听使唤了。

"那么快来吧，我们快到了。"

就这样，这两个英雄来到了一面墙前，墙上有一扇大大的铜门，看上去很重。脚步声与说话声从那门里传出来，就好像一个有许多条腿、许多张嘴的大怪兽被困在门里了。

柏拉图十分庆幸，因为有一扇大门，挡在了他和那个怪兽之间。那扇门全是铜做成的，看上去很结实、很安全。但他还是很担心，因为现在看来，那个大怪兽好像是真实存在的，而且，他就站在那个大怪兽的家门口。

他看到那面墙并没有高到山洞顶，墙和山洞顶之间还有一条缝，这让他更加担心了。没有人亲自看到过怪物，也没人知道，它会不会从那条缝里钻出来，也有可能，这个怪物会直接打开大门。

"别怕！"老头儿看着吓坏了的柏拉图说道，"这个大门已经好几百年没有打开过了，没有东西会从里面跑出来的。"

柏拉图松了一口气，"好吧，我可不想碰见怪物……"

"谁跟你说那里头是个怪物了？"老头儿狡猾地笑了起来。

"我听到了很多声音啊，就好像是一个有很多条腿、能发出很多声音的东西在里面。就像是一个有一千只脚、有许多张嘴的怪物。"柏拉图说。

老头儿笑道："好吧，你这么说也不是没有道理。是的，在这扇门后面，有一个怪物，这个怪物有一千条腿，有一千张嘴，但是如果你想知道它到底是什么，还得自己爬上墙去看看。"老头儿接着说："如果，你停留在事物的表面，你就永远也不会知道真相了。因为，真相总是藏在表面之下，就像怪物的真面目总是藏在这面墙背后。"

19

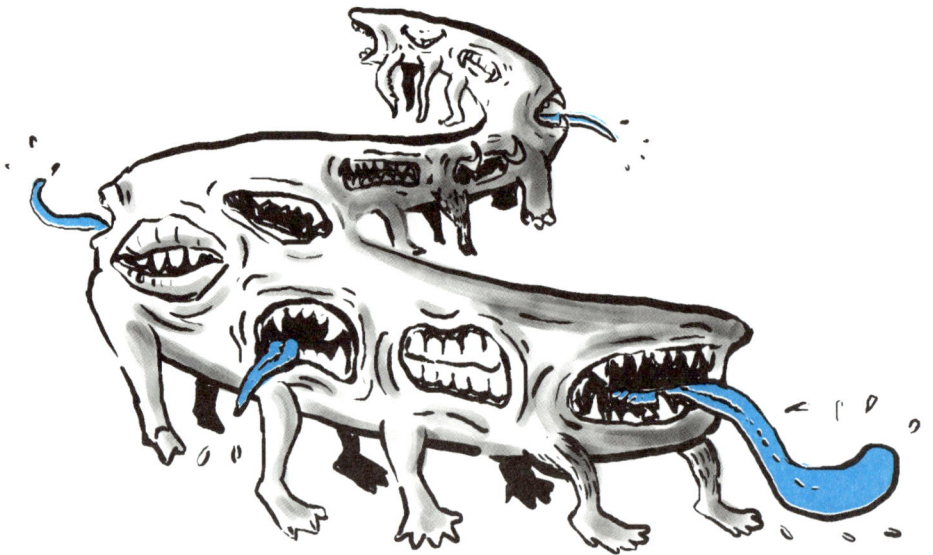

　　柏拉图很喜欢老头儿说的这段话。一瞬间，他居然不害怕了。不过，也仅仅是一瞬间。这面墙那么高，要爬上去肯定不是一件容易的事情，他喜欢探索真相，但对于怪物他就没那么喜欢了。当然，还有另一个选择——尝试打开那扇铜门。只不过，那扇门太重了，所以也是白想，他还是别无选择。他并不渴望看到那个长着很多张嘴的怪物，说不定，它还饿得厉害呢。但是，现在他已经走了那么远，不可能再回去了。所以，他只能鼓足勇气，往上爬。

　　终于，他爬到了墙顶，开始眯起眼往下看，想看看这墙下到底是什么，想看看那些声音到底是从哪儿传来的。等他的眼睛适应了周围的黑暗，他才看清楚，那下面并没有什么怪物，而是有许许多多奇怪的人，他们面色苍白，相互交谈着。他还看到了许多房子，许多神庙，还有许多路，就好像一座小城。

他还注意到，其中有些人的脚被铁链拴在地上，像囚犯一样。"这都是什么奇怪的人啊？"他问道，"他们在这里干什么？为什么他们被拴在地上？"除此之外，他还问了一连串的问题，连他脑袋里的小声音都不知道怎么回答。

"这就是你说的'怪物'，那个有一千条腿、一千张嘴的'怪物'，他叫'人群'，每一个靠近它的人都会被它吃掉。"老头儿说着，自己也爬上了墙，喘着气，满脸笑容，坐在我们的小英雄柏拉图身边，而小英雄已经惊讶得张大了嘴。柏拉图刚意识到自己张大了嘴，他脑袋里滚来滚去的那些问题就乐开了花，它们终于可以从柏拉图的嘴里溜出来了，它们一个接着一个，每个问题还都拖着一个"呢？"的小尾巴。

老头儿立马打手势，让他小声点，接着他开始讲这些奇怪的人们的故事了。

"你只有耐心听我说，我才会把你想知道的事情，全都告诉你。你看到的这些人，都是很久很久以前被关在这个大山洞里的人的后代，但是，他们中间没有人知道这是为什么，即使是他们中间最老的人也不知道。也许，最开始，那些人是做了什么冒犯神灵的事情，才被关在山洞里；也许，是有人先把这些人关在里面，却忘了放他们出来；

也有可能是这些人爷爷的爷爷，为了躲避什么东西，才藏在这个大山洞的最深处……总之，不管怎样，之前一定是发生了什么的，不过，现在已经没有人记得那些事情了。这些人在这里面被关了太久了，以至于他们都相信，这个世界是从这里开始，也会在这里终结；他们相信，在这个大山洞外面，在这扇铜门外面，什么也没有。他们已经忘记了，在这个世界上，有动物，有太阳，有大树……因此，只要有人走近这个暗淡无光的大山洞，只要他们看到那面高墙上的那条缝里透出来的光，他们就会十分害怕。他们也不知道，那面墙后面到底是什么。山洞里的光线很暗，山洞里的路又那么长，可怕又奇怪的声音从黑暗里传出。只要有一只小鹿跑进来，下面的人就都以为是从黑暗中钻出了一条恶龙；只要有人进来，就像你和我一样，他们就会以为是在黑暗中出现了一个双头巨人。他们还觉得，这个山洞的洞顶上，全是光带来的可怕的怪兽，而只有在黑暗中，他们才会很安全。"

柏拉图安静地听了很久，对于自己所看到的一切更加震惊了，脑袋里滚来滚去的问题又开始忍不住往外跑了。

"那为什么有一些人是被铁链拴在地上的呢？他们是奴隶吗？"他问道。

　　"相反，"老头儿回答道，"那些人是这里最有权力、最重要的人。因为很久很久之前，这里最古老的居民就是被拴在地上的，对于这些人来说，享受和古人一样的待遇是很光荣的，他们认为只有这样，才能防止从山洞顶上飞下来的怪物，把他们抓走。"

　　"那，他们是怎么做到整天都待在这儿的呢？他们是怎样度过一天的呢？"柏拉图接着问道，他感觉这个故事越来越奇怪了。

　　"好吧，说实话，他们的日子并不好过。他们整天都待在黑暗里，盯着山洞的洞顶看，就怕有怪物会飞下来，就怕有怪物会把他们带走。"老头儿说道。当老头儿说完最后一句话的时候，柏拉图注意到他看向了远方，就好像是他想起来了什么似的。

柏拉图还想问一千个、一万个问题，但是却不知道要怎么开口。

老头儿马上就猜出了柏拉图的心思，在这方面，希腊人的想法很不错，他们认为解释一件事情最好的办法，就是一次解释一点点，就好像是解释给学生听一样，而且一边解释还要一边让听的人回答一些问题。于是，老头儿就开始问柏拉图："你觉得这一切都很奇怪，对不对？"

"太奇怪了！"柏拉图回答道，"如果，他们是害怕黑黑的山洞，还有山洞外面来的声音，那这些人一定是非常笨、非常胆小吧。"

"你真的这样觉得吗？"老头儿问道，"也许你不记得，你不久之前是多么害怕这黑黑的山洞，还有山洞里面的声音了吧。外面所有的人都害怕从这里传出去的声音。外面的人们生活在地面上，也没有勇气到山洞里面来。也许，里面这些人并不比外面的人们笨，或者胆小。很多时候，我们觉得一件事情可怕，只是因为我们不了解它，但是，当我们真正亲身进入黑暗中去，我们就会发现，黑暗里没有怪物，只有黑暗。"

然而，柏拉图还是不服气："我怎么知道你说的不是骗人的呢？我怎么知道别人说的就都是错的呢？我怎么知道那个'怪物'就真的不存在呢？"

老头儿被柏拉图的反应逗得更开心了，于是他开始笑着问柏拉图："因为在你看来这一切是不可能的，对吗？"

"对，没错！就像地球是平的，太阳绕着地球转一样正确。"柏拉图坚定地回答道，"这些都是我在学校里学到的。"（两千多年前，人们大都以为地球是个平面，而太阳绕着地球转。不过，这显然是错误的看法。）

"那你为什么就相信，你在学校里学的那些东西都是正确的呢？"老头儿又问道。

"因为老师们是这么教我的。"柏拉图回答道。

"但是你自己也没有去验证过，不是吗？"老头儿接着说。

"我当然没有。"柏拉图回答道，"……要怎么去验证呢？"

"你说得对，你不能去验证它们，你只能相信别人说的东西。只可惜，别人说的东西也不一定总是正确的，就算很多人都那么说，也不一定是对的。你看，如果你是在这个大山洞里出生的，那大山洞里的大人们也可能会告诉你，这个世界就是一个大山洞，在这个大山洞的洞顶上，趴着很多怪物。那么对你来说，这一切，就会和太阳绕着地球转一样正常了。"

　　柏拉图想了一会儿，他觉得老头儿说的话有道理。

　　"那么这样说来，我不应该相信任何人吗？连我的老师，我的父母也不能相信吗？"柏拉图问道。

　　"你当然应该相信他们，"老头儿回答道，"但是，只要你可以，你就应该去验证一下，看看他们说得到底对不对。只有这样，你才可以确信。"

　　柏拉图现在差不多被说服了，但是他还有一些小疑问。

　　"如果山洞里那些人想尝试的话，他们自己也可以去验证一下，去看看山洞外的世界。这些人不可能没有一个人亲自尝试过吧。"

　　老头儿满意地笑了。"你说得非常正确！事实上，这里曾经是有人尝试过的，如果你想听的话，我可以把他的故事说给你听。"

柏拉图已经迫不及待想听了，于是老头儿接着说道："曾经有一个小伙子，他不相信任何人说的话。也许，他比所有人都要聪明。他总是静不下来，总是不放过那些拴在地上的人，要问他们一大堆问题，因为所有人都认为他们是最有智慧的。他常常问他们'这个世界是怎么诞生的呢？是谁创造了世界呢？门外到底有什么呢？'那些有智慧的人总是对他说'这些事你不应该问的，在这面墙后只有光，在光里住着很多怪物，非常可怕，只要谁敢打开门，那些怪物就会把所有人都吃掉。'

　　"许多年过去了，小伙子长大了，但是他还是不停地在想，那扇门背后，到底有什么东西呢。即使所有人都告诉他，不要再想那些问题了，即使没有一个人理他。终于还是有一天，他决定要爬上墙亲自去验证一下，去看看在那扇大铜门后，到底是不是什么也没有。

"在一个美丽的日子里，他开始实行自己的计划了。等确定好没有人发现自己后，他开始爬墙。爬到墙顶时，他惊呆了，他发现，这个大山洞里有一条通道；他害怕极了，但还是朝着山洞的出口走去。他真的害怕极了，所有那些他从小听到的关于怪物的可怕故事，一下子，都浮现在了他的脑海里。他的心要跳出嗓子眼了，最后，他走到了山洞的出口处，鼓足勇气，走出了大山洞。

"刚走出山洞，他的眼睛就差点被太阳给刺瞎了，他从来没有见过太阳。因为太阳的光，就像真理一样，总是会刺痛那些墨守成规者的眼睛。光和真理，不能让那些人更清楚地认识事物，反而，会让他们更加迷惑。

"他相信老人们说的话，他觉得自己这么冒险真傻，他觉得，那些怪物会过来刺瞎他的眼睛，然后杀死他。他想回到黑暗中去，但是，他什么也看不见。他只能像只无头苍蝇一样，到处撞来撞去，最后，他连大山洞的入口都找不到了。于是，他一下子趴到地上，大哭起来，

等着那些怪物过来把他带走……

"过了很久，并没有什么怪物靠近他，就算在黑暗中，也看不到一只怪物的影子。渐渐地，他的眼睛习惯了亮光。他看了看周围，并没有什么怪物，只有阳光下的花草树木、岩石和动物……总之，在他周围，是另一个世界，这个世界比他想象的要更加美丽。

"太阳并不是敌人，阳光照在大地上，让所有东西都有了颜色，那些颜色是那么的鲜艳漂亮。他激动得哭了出来。又过了几个小时，

要日落了，他又开始害怕了，他害怕天上的晚霞，担心那是鲜红的血，害怕自己会死去……夜晚降临了，天上出现了月亮和星星，看上去漂亮极了。当黎明到来时，他仿佛看到了奇迹。直到现在，他还不敢相信，世界上，居然还有这么美妙的东西。他继续等着，太阳又落山了。但

是这一次，他不再害怕了，他静静欣赏着天空颜色的变幻，心想，它们简直比黎明还要美丽。所有这一切都美妙极了。他觉得自己不能独享这一切，一定要让大家也都看看这么美丽的东西。自己应该回到山洞里去，告诉所有人他看到了什么。他也非常确信，所有人都会听他的，所有人都会把他当成一个大英雄。

"于是，他又回到了山洞里，开始往回走。他马上感到自己好像喝醉了一样，因为，之前他在光明中看太久了，所以，现在在黑暗中，他就一时看不清了。他每走一步，都差点被石头绊倒，他的脚趾几乎

抓进了地里，跌跌撞撞，十分艰难，但即使是这样，他还是感觉非常开心。没过多久，他身上就全都是刮痕与伤口了。但是，这些痛苦对他来说不算什么。最后，他终于回到了大铜门那里。

"他重新爬上了那面墙，飞跑到广场的正中央，呼喊着，还一直向左边、向右边拍着手，好让所有人都能听到他的声音，注意到他。

"接着，他开始向大家讲述他看到的东西了：色彩，星星，暖洋洋的白天，冷飕飕的黑夜，每天傍晚落下、黎明升起的太阳。太阳每天早晨都重新升起，并且要比原来更美丽。他说完后，迎接他的是一阵沉默。有一个拴着链子的老人开始说话了：

"'我们都知道怎么回事吧？这个小伙子不遵守我们的规定，怪兽不仅抓伤了他，还把他弄疯了。你们没有看到他身上这些伤口吗？都是怪兽弄的！你们没有听到他在胡说些什么吗？血腥的空气中，满是复活的亡灵啊！你们没有看到，他连站都站不起来了吗？他走路跌跌撞撞的，就好像他看不清一样，不是吗？怪兽们把他弄伤了！弄瞎了！弄疯了呀！只要谁敢跨过那面墙，下场就会和他一模一样！'

　　"其他所有人都叫了起来，'怪兽把他弄疯了！弄疯了！'小伙子马上明白了，他一下子把自己看到的所有东西全都告诉大家，确实，看上去就跟疯子似的。他想好好解释一下，但是，大家现在都不肯听他说话了。他的眼睛里满是泪水，最后，他说道：'如果你们不相信我，就跟我来看一看，我可以带你们出去，我让你们看看，我说的都是真的！'接着，另一个老人，满脸恐惧地喊道：'这就是为什么他会回来啊！怪兽不杀掉他，是因为他要把我们带出去，去给怪兽们吃！他已经和怪兽们站一边了！'接着，所有人又开始喊起来了，'他是怪兽的仆人！我们快把他赶出去！'

　　"小伙子知道，如果他不逃出去，这些人就会把他关起来。他凭着身上仅存的一点力气，开始往外逃。他差一点儿就坚持不住了，但最后还是重新爬上了那面墙，逃出了那个地下城。他知道，自己再也回不去了。"

34

柏拉图静静地看着老头儿，老头儿的眼中已满是泪水。这真是一个悲伤的故事啊。

　　"然后呢？然后发生了什么呢？那个小伙子后来怎么样了呢？"柏拉图问道。

　　老头儿擦干了眼泪，长叹了一口气，接着说道：

　　"那天后，小伙子就跑进大山洞附近的一片森林里生活去了，他每天看太阳，看云霞，看星星，看月亮……总是一个人。"

　　老头儿说完，爬下了墙，朝着山洞的出口走去。柏拉图不想一个人待在一片黑暗里，于是也赶紧跟着老头儿走了出去。

　　他们走出了山洞。柏拉图沉默了，静静地思考着他的所见所闻，但是，却不知道该如何开口说话。等他们走到了森林的边缘，他开始问老头儿："那个小伙子就是您，对吗？"

　　"也许吧。"老头儿回答道，他真是喜欢装神秘啊。"也有可能那个小伙子也是你，或者是所有那些不愿意只看事物表面却想知道事物真相的人，即使有时候，这么做，就意味着孤独。现在你快回家去吧，否则晚餐就该凉了。"

老头儿轻轻抚摸了一下柏拉图的头，便回到森林里去了。

柏拉图一个人待在原地。他并不孤独，因为他的脑袋里有一大堆问题。还有，在他回家路上，那个小声音不停地和他说话。他感觉非常自豪，因为他是第一个探索了大山洞的人。但是，他也知道，如果

没有那个老头儿，他是绝对做不到的。他觉得，不管怎样，他还是应该把自己看到的一切告诉大家，可是，那个小声音又提醒他道："好啊，你要是那么做了，你就成了老头儿说的故事中，那个被所有人当成疯子的小伙子了。"于是，柏拉图决定先不把这个故事告诉任何人，等他长大之后，再写一本书，把这神奇的事情记下来，让别人看到他看到的东西，学到他学到的道理。

等他回到城里，他发现色拉叙马霍斯站在自己家门口，正和其他孩子一起等着他呢。

"啊哈，胆小鬼回来了嘛。"色拉叙马霍斯说道。

柏拉图知道，不管他说什么，别人都会说他是"胆小鬼"或者"大骗子"，所以，把自己的见闻告诉他们，就等于在和他们说废话，是不值得的。所以，他给了他们一个大大的微笑，然后说道：

"也许我害怕很多东西，但是我不怕你，我也不怕你们叫我'胆小鬼'。而你呢，你应该害怕自己在这儿当小丑、当傻瓜，因为你净说些假话。"

接着，他转过自己大大的肩膀，昂首挺胸，朝家里走去，头也不回。那个小声音高兴地说："你真是太棒了！你看，那个讨厌鬼，他想捉弄你，但他没得逞啊！""谢谢！"柏拉图满意地回答道。走进家门前，他转身回望落日，实在是太美了。

这个故事也差不多快结束了。色拉叙马霍斯还是老样子，嫉妒别人，霸道行事，总想着要捉弄柏拉图。但是，在小声音的帮助下，柏拉图一次都没有让他得逞。

柏拉图再也没见过森林里的那个老头儿。不过，柏拉图是个信守承诺的人，长大之后，确实兑现了自己的承诺。他把那个故事写了下来，就像他在大山洞森林的那个傍晚承诺过的一样。他还写了很多别的故事，那些故事都非常美，并且在今天看来，也都是充满智慧的故事。两千多年之后，我们还会和别人讲他的那些故事，学习那些道理。

问答点滴……

柏拉图是谁?

柏拉图,苏格拉底所有学生当中最聪明、最有名的一个。在他的老师死于监狱后,柏拉图决定把老师讲课的内容记录下来,编辑成书。因为苏格拉底生前一直忙于教学,没有时间写作,所以他什么文字都没有留下来。我们今天读的这个故事和很多其他故事,都是因为柏拉图的记录才得以保存下来。柏拉图记录了苏格拉底和其他人的谈话内容,并在这些谈话中体现出了苏格拉底的思想。

色拉叙马霍斯是谁?

关于他,我们知道的很少,只知道他是柏拉图一本书中的人物,那本书叫《理想国》。他曾经和苏格拉底争论说,"正义是强者的利益",他的这个自以为是的观点很让人讨厌。但是从柏拉图时代到现在为止都没人能证明这观点是错误的,即使是具有聪明才智的人也都办不到。总之,色拉叙马霍斯不仅很坏、很霸道,还很狡猾。

哲学家是什么？

这个问题有许多答案，从古希腊人的时代起，一直到今天，学者们都还没能达成一致意见。哲学家原本的字面意思是"智慧的朋友"，指的是那些试图回答很难的问题的人。这些问题比如："什么是正确的，什么是错误的""事物的本质是什么"以及"人死了之后会发生什么"等等。

最早的哲学家诞生在古希腊。如今，柏拉图的时代已经过去很久了，但哲学家提出的很多问题还是没有答案。也许，加上一点运气，你有可能会找到这些答案，谁又说得准呢？

小声音是什么？

小声音，古希腊人称它为"精灵"，类似于人类的守护天使。当一个人遇到问题的时候它就会出现，提出建议，帮人解决问题。今天，有些人把它称作"本能"，还有些人把它称作"意识"。

苏格拉底和柏拉图认为它存在于每个人脑海的之中，如果我们认真听，就能够时不时听到它。这个理论受到很多哲学家的欢迎，他们不断重复这个理论，当然有时也会进行一些改动。如果现在你也能时不时听见这个声音，也许意味着你长大以后会成为一个哲学家，或者，是一个非常有智慧的医生……

故事点评：

我们刚刚读完的这个故事，其实是做了一些改动的，最开始，它是柏拉图《理想国》中的故事。《理想国》这本书向我们展示了一个完美的国度。通过这个故事，柏拉图想告诉大家，统治世界的人应该是哲学家，因为他们是最富有智慧的。同时，他们还要应付那些不是哲学家的无知者。《理想国》是柏拉图写过的最厚的也是最著名的一本书。在讨论政治的书中，这也是最古老的书之一。尽管已经过去了两千五百年，但这本书对于今天的我们来说依然还是非常有趣的。